HISTOIRE DE

QUE LE   ET LE

ÉCRIVIRENT

A LEURS AMIES

LES PETITES

IMAGES DE M. CHEVALLIER

THÈME DE J. CAPEK

TRADUIT DU TCHÈQUE

PAR L. HIRSCH

ALBUMS DU PÈRE CASTOR • FLAMMARION ÉDITEUR • PARIS

© Flammarion 1970 – Imprimé en France
ISBN : 978-2-0816-0243-4 – ISSN : 0768-3340

Oɴ était tout juste en janvier. Couchés dans leur petit lit, le chien et le chat parlaient de l'hiver.
— Moi, dit le chien, je n'ai pas du tout envie de sortir de ce bon lit chaud. J'aime bien l'hiver, surtout quand il y a beaucoup de neige, mais il ne faut pas que cet hiver soit trop trop froid. Je ne sais pas si tu es comme moi, mais quand la neige se met entre mes doigts et que j'en ai ensuite plein mes pattes, c'est vraiment désagréable.
— Je sais, dit le chat. Moi, vois-tu, mes petites pattes sont si chaudes et si brûlantes que je suis étonné de ne pas en voir sortir de la fumée. On est trop bien dans son lit quand il fait froid. Je n'ai pas envie de me lever.
— J'ai une idée, dit le chien, restons couchés toute la journée, nous jouerons dans notre lit.

— Impossible, dit le chat, d'abord parce que nous ne sommes pas malades, ensuite parce que nous avons reçu une gentille lettre de nos amies les petites filles et qu'il y a longtemps que nous aurions dû leur répondre. Un de ces jours, tu verras, elles diront que nous sommes mal élevés et que nous ne savons pas nous conduire.

– Allons ! Hop ! Debout ! Ecrivons notre lettre. D'ailleurs nous n'avons pas d'autre travail aujourd'hui.

– D'accord, dit le chien, comme cela les enfants verront que nous avons une bonne éducation. Ecrivons-leur quelque chose de beau. C'est toi qui écriras parce que j'ai la patte un peu lourde, comme tu le sais, mais c'est moi qui dicterai.

– Bien sûr, c'est moi qui écrirai, dit le chat avec satisfaction. Aux enfants qui ont une mauvaise écriture, on dit toujours qu'un chat ferait mieux.

Donc c'est que les chats écrivent mieux que beaucoup d'enfants.

– Pffui ! dit le chien étonné, je n'aurais jamais pensé que tu étais si intelligent.

– Je sais écrire aussi bien qu'en lettres imprimées, répliqua modestement le chat. C'est-à-dire que je sais écrire seulement en grandes lettres d'imprimerie, et pas comme à l'école, puisque je n'y vais pas. Mais ne t'inquiète pas, ce sera très bien, très beau. J'espère simplement que nous ne ferons pas de fautes d'orthographe.

miãou iou

miaouf.. miaf.

– Les enfants nous les pardonneront, dit le chien, et sais-tu pourquoi ? Parce que si eux voulaient miauler ou aboyer, ils n'y réussiraient sûrement pas aussi bien que nous, et ils feraient, eux aussi, beaucoup de fautes.

– C'est vrai, dit le chat. Quand les enfants essaient de miauler, ils n'y arrivent jamais tout à fait. Miauler, mon petit vieux, c'est très délicat, et je peux te dire, mon gars, qu'il faut bien savoir où l'on doit mettre les accents graves et les accents aigus, sinon tout s'embrouille et personne ne peut comprendre ce que signifient tes miaous.

– Je peux en dire autant, dit le chien. Quand les enfants font ouah ouah !, ah là là ! ces fautes ! Aboyer comme il faut, mon vieux, ça n'est pas facile : d'abord il faut que cela fasse un bruit de voiture dans ta poitrine, et puis que ton aboiement sorte vite et claque comme un coup de fouet ; en même temps, il faut bien secouer la tête, arrondir le dos, et soulever les pattes de derrière.

— Note bien que pour miauler, dit le chat, tu dois arrondir les yeux, pencher un peu la tête de côté, et en même temps, te soulever et te tendre délicatement. Il en faudrait du temps aux enfants pour l'apprendre à l'école ! Si leur maîtresse, elle-même, essayait, elle verrait comme c'est difficile ! Fais-le, toi, je parie que tu n'y arriveras pas.

— Comment ! je n'y arriverai pas, dit le chien, Tiens, écoute : Rrr ! Miaouf ! Miaf ! Miaf ! Miaf !

— Penses-tu ! Ça n'a jamais été un miaulement ! fit le chat.

— Eh bien, toi, essaie d'aboyer !

— Miaouf ! Miaouf ! Naou - niaouf ! fit le chat.

— Mais tu miaules ! dit le chien en se moquant. Ça n'a jamais ressemblé à un aboiement.

— Finissons-en, dit le chat. Ecrivons plutôt cette lettre.

— Donc tu écriras, dit le chien, et je dicterai.

Le chat prit une chaise et, sous la dictée du chien,
écrivit une lettre à leurs amies les petites filles :

CHAIRES
MADEMOASELLE
NOU VOU REMERSCION
DE VOTE LAITRE, E
NOU VOU ZIN FORME ON
KENO TRESAN TAI AIBONE
JAI SPERE KE VOU OSI
SALE UTASSION
CHAE ~~ECHIAIN~~

ECHIEN

– Je ne sais pas, dit le chat quand le chien eut signé, mais j'ai l'impression que tu as mal signé.

– C'est possible, avoua le chien. Alors je vais barrer et récrire mieux. Mais je ne sais plus maintenant s'il faut mettre à Chien un "A" ou un "E"...

– Moi, je mets toujours un "E", dit le chat, j'écris toujours avec des "E", ça fait plus doux et plus délicat.

– Je vais donc mettre un "E", dit le chien.

Il signa avec un "E".

— Et maintenant, allons à la poste.
Ils s'habillèrent, mirent un pull-over, un pardessus,
un cache-col, des moufles, et enfilèrent des bottes fourrées.

Le chien reniflait et il dit au chat :
— Ça sent joliment bon le fromage que nous avons mis en réserve dans le buffet, et ça me donne une envie terrible de le manger !
— Pas question, ordonna le chat. Seulement

quand nous rentrerons.
Le chien, une fois encore, regarda du côté
du fromage avec des yeux amoureux, puis
ils fermèrent la porte derrière eux et s'en
allèrent poster leur lettre.

13

Il tombait de gros flocons et il y avait toute la neige qu'on voulait pour faire du ski et du traîneau.

La neige tombait si fort qu'on aurait dit de la farine sortant d'un sac troué. Le chien et le chat étaient très contents et ils pataugeaient avec satisfaction.

Ils arrivèrent à la poste; le chat donna le

timbre à lécher au chien, ils le collèrent
en tapant dessus à coups de pattes
et ils glissèrent la lettre dans la boîte.
— Il paraît qu'il y a en ce moment

tellement de neige partout, dit le chat,
que les trains roulent très mal. J'espère
pourtant que nos amies les petites filles
auront notre lettre à Pâques.

Et ils reprirent le chemin de la maison.

Il neigeait, il neigeait : vous n'avez qu'à vous figurer mille oreillers qui perdent leurs plumes tous en même temps.

– On peut dire qu'il neige bien, remarqua le chien avec plaisir, on ne voit même plus les chemins.

Ils marchaient, ils marchaient, et la neige tombait tellement qu'elle recouvrit leur maison jusqu'à la cheminée qu'on ne voyait plus.

Le chat et le chien arrivèrent et cherchèrent leur maison. Pas de maison.

Seulement de la neige, de la neige partout.

– Mon Dieu ! où est donc notre maison ? dit le chat effrayé. Mais nous n'allons plus la retrouver.
C'était vrai. Il était impossible de la retrouver. La neige avait tout recouvert.
– Notre maison est partie ! gémit le chat. Où irons-nous maintenant ? Qu'allons-nous faire ? Où irons-nous loger ? Où irons-nous dormir ? Nous allons mourir de froid. Nos amies les petites filles pourraient s'occuper de nous et peut-être nous donner un abri, mais elles sont trop loin !

17

– Attends, dit le chien, moi non plus
je ne vois rien, mais il me semble sen-
tir quelque chose.

Comme si mon nez sentait un peu
de la bonne odeur de ce fromage que
j'avais tellement envie de manger.

– C'est cela ! cria le chat, tout joyeux,
renifle, renifle : là où est le fromage,
là est notre maison !

Le chien renifla, flaira, flaira et, à
l'endroit où le fromage sentait le plus
fort, il commença à gratter la neige,

à gratter, à gratter, jusqu'au moment où apparut la cheminée, puis le toit, puis les murs et enfin la porte.

– Victoire ! s'écria-t-il, nous sommes chez nous ! Là où est la maison, là est aussi le fromage.
Il se précipita sur la porte, dans la pièce et sur le buffet.

– Vois-tu, dit le chat, comme j'avais raison de te dire de laisser ce fromage et de le manger seulement quand nous serions rentrés. Eh bien ! ce fromage nous a sauvé la vie !

Ils partagèrent le fromage bien gentiment.

Le chien reçut le plus gros morceau, car c'est lui qui avait trouvé la maison. La lettre était écrite et mise à la poste. Le chemin du retour avait été un très vilain chemin, la neige n'avait pas été gentille avec eux et leur avait enterré leur maison, mais ils avaient retrouvé cette maison. Dans cette maison, il y avait un fromage, ils mangèrent le fromage, furent très contents, jouèrent

à cache-cache et à chat et aussi au soldat
et, tout en jouant au soldat,
ils chantaient :
    " Ratata, ratata, ratatille !
      Vivent nos amies les petites filles ! "

Imprimé par Pollina, Luçon, France - L57172 – 05-2011 – Dépôt légal : 2° trimestre 1970
Éditions Flammarion (n° L.01EJDNFP0243.C011) – 87, quai Panhard-et-Levassor, 75647 Paris Cedex 13
Loi n°49-956 du 16 juillet 1949 sur les publications destinées à la jeunesse